별주부전

글 조항록 ㅣ 그림 송향란

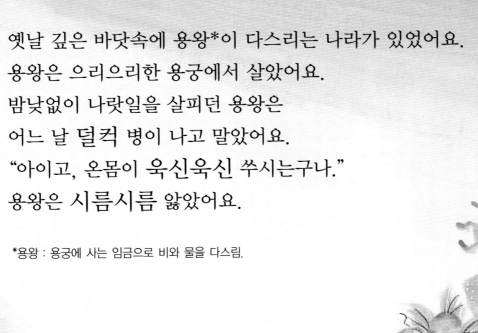

옛날 깊은 바닷속에 용왕*이 다스리는 나라가 있었어요.
용왕은 으리으리한 용궁에서 살았어요.
밤낮없이 나랏일을 살피던 용왕은
어느 날 덜컥 병이 나고 말았어요.
"아이고, 온몸이 욱신욱신 쑤시는구나."
용왕은 시름시름 앓았어요.

*용왕 : 용궁에 사는 임금으로 비와 물을 다스림.

5

"이 일을 어떡하지? 큰일이네."
"어떻게 해야 용왕님의 병을 고칠 수 있을까?"
신하들은 가장 용하다는 의원을 모셔 왔어요.
"용왕님은 기력*이 많이 약해져 병이 나신 겁니다.
육지에 사는 토끼의 간을 드시면 나을 것입니다."
그 말을 듣자, 용왕은 힘이 조금 나는 것 같았어요.

*기력 : 몸으로 활동할 수 있는 힘.

6

"누구든 토끼의 간을 구해 오면 큰 상을 내리겠소."
용왕의 말에 다리가 여덟 개 달린
문어 장군이 앞으로 흐느적흐느적 나섰어요.
"제가 토끼를 잡아 오겠습니다!"
그러자 자라 대신*이 빈정거리며* 말했어요.
"하하! 문어 장군이 육지에 나갔다가는
금방 사람에게 붙잡혀 보글보글 찌개로 끓여질 거요."
용왕은 고개를 끄덕이며 자라에게 말했어요.
"그럼 자라 대신이 다녀와 주겠소?"
"네, 제가 다녀오겠습니다."

*대신 : 벼슬의 이름.
*빈정거리다 : 남을 비웃으며 놀리다.

9

그 때 메기 대신이 고개를 절레절레 저었어요.
"자라 대신은 토끼의 생김새를 아시오?"
자라가 뒤통수만 긁어 대자
갯벌*에 나들이를 다녀온 꽃게 대신이 나섰어요.
"나는 먼발치에서 털옷을 입은 토끼를 본 적이 있어요.
토끼는 귀가 쫑긋하고, 앞다리는 짤막하고,
뒷다리는 길쭉하지요."
꽃게는 종이 위에 쓱쓱 토끼를 그렸어요.

*갯벌 : 바닷물이 드나드는 넓은 땅.

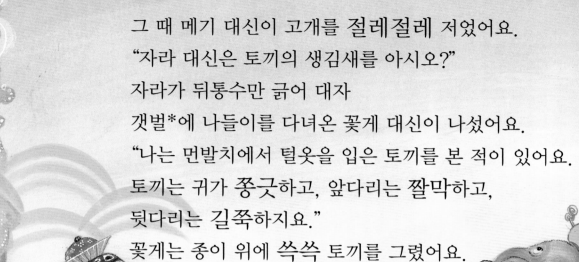

11

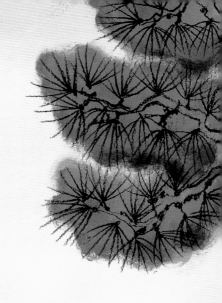

자라는 꽃게가 그려 준 토끼 그림을 들고
첨벙첨벙 헤엄쳐서 육지로 올라갔어요.
땅 위에는 파릇파릇한 풀잎들과
알록달록한 꽃들이 살랑거리고,
'지지배배, 찌르르찌르르!' 새들이 노래하고 있었지요.
"우와, 육지도 바닷속만큼 아름답구나!"
그 때 토끼가 깡충깡충 자라 앞을 뛰어갔어요.
자라는 토끼 그림을 펼쳐 보았어요.
"옳지, 저 녀석이 토끼로구나!"

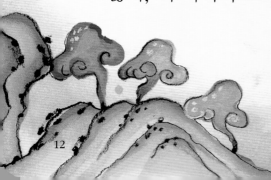

자라는 토끼에게 가까이 다가갔어요.
토끼는 바위에 기대어 쉬고 있었지요.
"혹시 육지의 왕 토끼 선생이 아니시오?"
토끼는 육지의 왕이라는 말에 어깨가 으쓱해졌어요.
"흠흠, 그렇소. 내가 육지의 왕이오!
그런데 당신은 누구시오?"
토끼는 자라를 난생 처음 본다는 듯이
고개를 갸웃거렸어요.

"나는 바닷속 왕궁에서 온 자라 대신이오.
육지의 왕을 만나러 먼길을 달려왔다오."
토끼는 기분이 좋아 입이 함지박*만하게 벌어졌어요.
"하하! 잘 오셨습니다. 정말 영광이군요."
자라는 짐짓 시치미를 뚝 떼고 토끼에게 물었어요.
"육지에서만 살아 지루하고 싫증이 날 텐데
나랑 용궁에 가 보지 않겠소?"
토끼는 자라의 말에 어처구니가 없다는 듯이 말했어요.
"당신은 육지 동물이 물 속에 들어가면 죽는 줄 모르시오?"

*함지박 : 통나무를 파서 큰 바가지같이 만든 그릇.

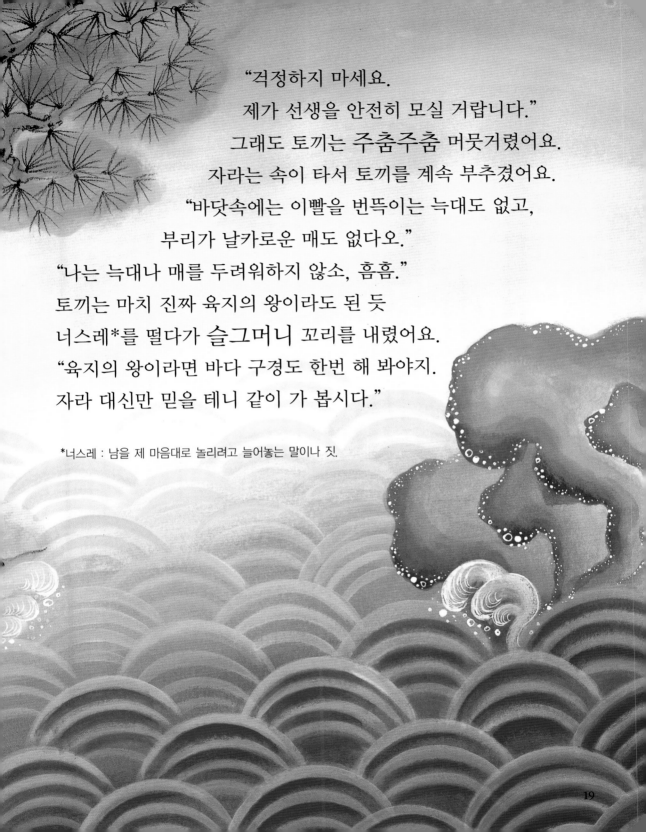

"걱정하지 마세요.
제가 선생을 안전히 모실 거랍니다."
그래도 토끼는 **주춤주춤** 머뭇거렸어요.
자라는 속이 타서 토끼를 계속 부추겼어요.
"바닷속에는 이빨을 번뜩이는 늑대도 없고,
부리가 날카로운 매도 없다오."
"나는 늑대나 매를 두려워하지 않소, 흠흠."
토끼는 마치 진짜 육지의 왕이라도 된 듯
너스레*를 떨다가 슬그머니 꼬리를 내렸어요.
"육지의 왕이라면 바다 구경도 한번 해 봐야지.
자라 대신만 믿을 테니 같이 가 봅시다."

*너스레 : 남을 제 마음대로 놀리려고 늘어놓는 말이나 짓.

토끼는 자라의 등에 올라타고 바닷속으로 들어갔어요.
"우와! 바닷속은 정말 멋지군요!"
"그렇지요? 오시길 잘 했지요?"
토끼는 휘둥그레진 눈으로 주위를 두리번거렸어요.
어느 새 번쩍번쩍한 용궁이 가까이 보였어요.
'흐흐흐! 토끼야, 미안하구나.'
자라는 터져 나오는 웃음을 참느라 얼굴이 새빨개졌어요.

용궁에 들어서자마자 자라가 크게 소리쳤어요.
"용왕님, 토끼를 잡아 왔습니다!"
문어 장군이 긴 다리로 토끼의 몸을 친친 감았어요.
"아니, 왜 이러는 거요? 내가 뭘 잘못했다고."
토끼가 깜짝 놀라 떨리는 목소리로 물었어요.
"흐흐흐, 어서 네 간을 내놓아라!"
그제야 토끼는 자라에게 속은 것을 깨달았어요.
"간이라고요?"

"그래, 용왕님이 네 간을 드셔야 병이 낫는다는구나."

'이제 나는 죽었구나!'

토끼는 겁이 나서 몸을 부들부들 떨었어요.

그 순간 좋은 꾀가 반짝 떠올랐어요.

"그럼 진작 말씀하시지요. 바보 같은 자라가

알려 주지 않아 간을 두고 그냥 왔는걸요."

신하들은 토끼의 말을 듣고 깜짝 놀랐어요.

"뭐라고? 그렇다면 지금 네 몸에 간이 없단 말이냐?"

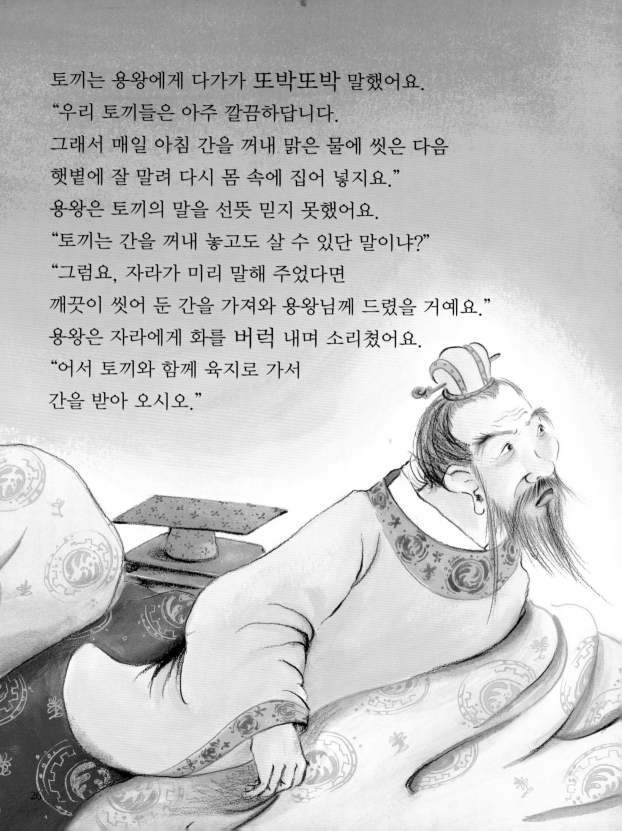

토끼는 용왕에게 다가가 **또박또박** 말했어요.
"우리 토끼들은 아주 깔끔하답니다.
그래서 매일 아침 간을 꺼내 맑은 물에 씻은 다음
햇볕에 잘 말려 다시 몸 속에 집어 넣지요."
용왕은 토끼의 말을 선뜻 믿지 못했어요.
"토끼는 간을 꺼내 놓고도 살 수 있단 말이냐?"
"그럼요, 자라가 미리 말해 주었다면
깨끗이 씻어 둔 간을 가져와 용왕님께 드렸을 거예요."
용왕은 자라에게 화를 **버럭** 내며 소리쳤어요.
"어서 토끼와 함께 육지로 가서
간을 받아 오시오."

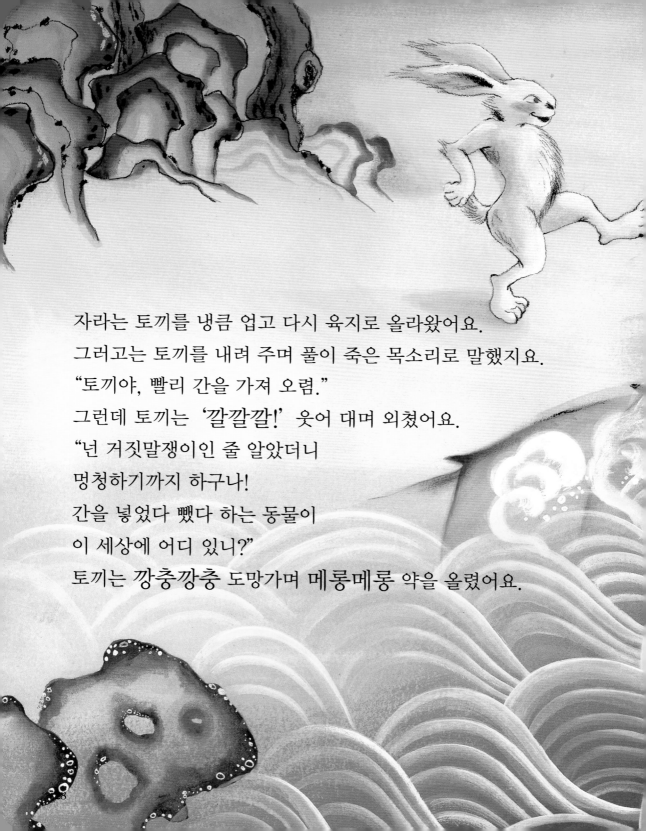

자라는 토끼를 냉큼 업고 다시 육지로 올라왔어요.
그러고는 토끼를 내려 주며 풀이 죽은 목소리로 말했지요.
"토끼야, 빨리 간을 가져 오렴."
그런데 토끼는 '깔깔깔!' 웃어 대며 외쳤어요.
"넌 거짓말쟁이인 줄 알았더니
멍청하기까지 하구나!
간을 넣었다 뺐다 하는 동물이
이 세상에 어디 있니?"
토끼는 깡충깡충 도망가며 메롱메롱 약을 올렸어요.

자라는 털썩 주저앉아 '엉엉!' 울었어요.
"이제 어떡하지? 용왕님의 약을 어디서 구하지?"
그 때 구름을 타고 산신령이 나타났어요.
"자라야, 이 산삼을 가져가거라.
이걸 먹으면 용왕의 병이 나을 것이다."
"고맙습니다, 산신령님!"
자라는 산신령에게 넙죽 절을 하고
용궁으로 한달음에 헤엄쳐 갔지요.
산삼을 먹고 병이 깨끗이 나은 용왕은
자라에게 큰 상을 내렸답니다.

별주부전

내가 만드는 이야기

아이들이 들려 주는 이야기를 들어 본 적이 있나요?
그 이야기 속에는 아이들의 무한한 상상력과 창의력이 담겨 있음을 발견하게 될 것입니다.
번호대로 그림을 보면서 앞에서 읽었던 내용을 생각하고,
아이들만의 상상력과 창의력이 표현된 이야기를 만들어 보게 해 주세요.

별주부전

옛날 옛적 토끼와 자라 이야기

옛날 깊은 바닷속에 용왕이 다스리는 나라가 있었습니다. 그런데 용왕이 덜컥 병에 걸리고 말았지요. 용왕의 병이 나으려면 토끼의 간을 약으로 써야 한다는 이야기를 들은 자라는 육지로 나갔습니다. 자라는 용궁을 구경시켜 주겠다며 토끼를 바닷속으로 데리고 왔지만, 자신의 간을 **빼**내려는 것을 안 토끼는 꾀를 내어 용궁을 탈출하는 데 성공하지요. 토끼는 육지에 도착하자마자 자라의 어리석음을 놀리며 멀리 달아나 버리고 말았습니다. 그러나 산신령의 도움으로 자라는 산삼을 얻게 되어 용왕의 병을 고치고 큰 상을 받았다는 이야기입니다.

〈별주부전〉은 '귀토지설'이라는 설화에서 시작하여 판소리 〈수궁가〉, 고대 소설 〈별주부전〉, 신소설 〈토의 간〉 등으로 발전하였고, 〈토끼전〉이나 〈토생원전〉이라는 제목으로 불리기도 합니다.

자라는 토끼를 용궁으로 데려오는 데는 성공했지만, 토끼는 자라보다 한 수 위였습니다. 토끼는 목숨이 위태로운 상황에서도 침착함을 잃지 않고 기지를 발휘하여 무사히 살아 나왔으니까요. 그리고 비록 토끼의 간을 얻는 데는 실패했지만 용왕에게 충성을 바친 자라에게 산신령이 나타나 약을 준 것은 참 다행스런 일이 아닐 수 없습니다. 〈별주부전〉은 아무리 어려운 상황이라도 침착함과 지혜를 발휘하면 충분히 고난을 극복할 수 있다는 교훈을 주는 이야기입니다.

▲ 충남 태안군 남면 원청리 해변 자라 바위 끝에 세워져 있는 자라와 토끼의 조각상.